文芸社セレクション

ささやかでも

伊藤《いとう》 優友子《ゆうこ》

JN166499

文芸社

諸鈍長浜

モンゴメリ著「赤毛のアン」の中で、アン・シャーリーは述べている。
「クイーン学院を出た時は、私の未来は、まっすぐな一本道のように目の前に伸びていたの。人生の節目節目となるような出来事も、道に沿って一里塚のように見渡せたわ。でも、今、その道は、曲がり角に来たのよ。曲がった向こうに何があるかは分からないけれど、きっと素晴らしい世界があるって信じているわ。」

私は仕事を辞めた。何年も続けてきた仕事を辞めるなんて、去年の今頃には考えもつかなかったことである。この間に、私の中で何かが崩れ落ちてしまった。強固な城壁でも、一度崩れ始めたら、それはとどまるところを知らず、あれよあれよという間に崩れ落ちるのだった。

以前の私を職場につなぎとめていたのは、意地のようなものだった。精神的圧力に耐える日々。何を信じれば良いのか分からず苦しんだ日々。そこから解放されてもなお、周囲への疑念を持ち続けなければならなくなってしまった自分に嫌気がさす日々。私はすっかり疑心暗鬼になり、家族でさえも遠ざけるようになっていた。このままでは私という人間は死んでしまう。もうこんな日々は終わりにしなければならない。そうしないと私だけではなく、私を支えてくれている人達をも傷つけ、裏切ることになってしまう。そう考えた私は、退職を申し出た。

自分で決めたことではあったが、職を失うことは私にとって大きな損失だった。心に穴が開き、自分はどうなるのか、どうすればよいのか、なにも分からなくなってしまった。それまでの私は仕事詰めの毎日だった。そんな私が、仕事を辞めて家に居るようになっても、どうしようもなかった。子供達が独立して家を出たことで、私の家での役割はこれといって無い。居心地が悪く、何の生産性もない自分に嫌気がさした。定年退職を迎えて家に居座り、疎まれているお父さんはこんな気持ちなのだろうと思いながら、いつも居場所を探していた。しかし、居心地の良い場所を見つけることはできず、日々をただ、やり過ごすしかなかった。息をしているだけの私。何もない状況の中で、私が唯一思いついたことがある。

奄美に行こう。

奄美大島に行ってヒトミさんに会おう。

思い立ったら居ても立っても居られない。私はヒトミさんに連絡をすることにした。

私とヒトミさんの出会いは偶然だった。

十四年前、私は娘の大学受験の付き添いのために、山口市にいた。娘を受験会場に送り届け、ホッとして校内の掲示板を眺めていると、私の隣で、同じように掲示板を見ている女性がいた。この方も子供の受験に付き添って来られたのかな、と勝手に想像し、なんとなく気になって顔を彼女のほうへ向けると、彼女も私を見てニッコリ笑ってくれた。この方こそが、ヒトミさんだった。

私は当たり障りのない会話をして立ち去るつもりで、

「どちらから来られたのですか。」

と尋ねた。するとヒトミさんが、

「奄美大島からです。」

と、ニッコリして答えてくれた。

「えっ、奄美大島ですか？　えっと、鹿児島の向こうの、沖縄のところの、あの奄美大島ですか？」

私は驚いてしまった。なぜなら、山口県で生まれ育った私は、九州は熊本以南の方と接したことがなく、そこを外国のように遠いところと感じていたからだ。その上、外界との接触が乏しい片田舎で暮らしている私に、こんなに大きな出会いが突然降って湧いてくるなんて、考えてもいなかった。私は浮足立ってしまい、この方に山口を好きになって、良い思い出と共に奄美大島に帰ってほしい、と思ってしまった。そこで私は、とんでもない提案を発してしまったのだ。

「子供達が受験をしている間に、山口を案内させてもらっても良いですか？　山口の素敵な場所を案内したいんです。」

後になって考えると、よくそんなことを唐突に言ったものだと呆れる。それなのに、どこの馬の骨かも分からない女の申し出を、ヒトミさんは快く受け入れてくれた。私は調子に乗って、瑠璃光寺や雪舟の庭などを車で連れ回し、挙句の果てに翌日には、秋吉台へも案内すると約束してしまった。そんな強引な突拍子もない提案にも、ヒトミさんはニコニコして快諾してくれた。受験に来ていたヒトミさんの息子さんも、ヒトミさん同様に感じの良い人で、翌日は私の夫も含めて五人で（ヒトミさん、ヒトミさんの息子さん、夫、娘、私）、秋吉台と秋芳洞へ行った。ワイワイ、ガヤガヤと、それは楽しい時間だった。後になってヒトミさんに、この時の心境を尋ねてみた。するとヒトミさんも、私のことが不思議と気になって、応えたいと思ってくれたようだった。全く不思議なご縁である。

楽しい小旅行からヒトミさん親子が宿泊しているホテルに戻ると、ヒトミさんの息子さんがお礼にと島唄を歌ってくれた。彼は島唄の唄者で、彼の唄と三味線に、ヒトミさんが合いの手を入れて披露してくれた。それは、うっとりするような、なんとも心地良い時間で、唄の向こうには、行ったことのない奄美の海や自然が見えるような気がした。外は寒かったが、ホテルの一角は、たちまち南国の自然に包まれたかのようになった。その穏やかで清々しい時間は、今でもはっきりと思い出すことができる。あの時が、私の最後の幸せだった時かもしれない。

別れ際に、ヒトミさんが言ってくれた。

「奄美にも来てくださいね。その時には私が案内します。」

あれから十四年、仕事に追われ、家族のために一生懸命に過ごしてきた。私は仕事と家庭に自分のすべてを捧げてきたつもりだったが、気づいた時には、私はその全てを失いかけていた。私は途方に暮れて傷つき、暗い穴に落ちて出ることができないと思い悩んだ。そんな時に思い出したのが、あの日のキラキラした流れるような時だった。

ヒトミさんに会いたい。

すがるような想いで、私は受話器を取った。

呼び出し音が響く。もしかすると、奄美に来てくださいというのは社交辞令で、実際に行くとなったら迷惑に思われるのではないかなどと考え、私は不安と期待で胸が潰れてしまいそうになった。ヒトミさんが出てくれなかったら切ろうとしたその時、呼び出し音が止み、ヒトミさんの声が響いた。電話の向こうで、ヒトミさんは優しい声で私を包んでくれた。ヒトミさんの笑顔が一瞬で目に浮かんだ。

「ヒトミさん、私、奄美に行こうと思うんですよ。」

私は恐る恐る言った。すると、

「はげー、会えるんだね、嬉しい。あれから十四年も経っているのに、全然そんな気がしないね。ずっと近くにいる友達みたいな気がするね。十四年も会っていないなんて信じられないね。」

私もヒトミさんと同じ気持ちだった。私とヒトミさんは、十四年前にたった二日間しか時間を共にしていない間柄である。また、十四年も離れていて、年に一回しか声を聞かない間柄でもある。それなのに、まるで幼馴染のように、一瞬にしてお互いを受け入れて違和感なく話せるのだ。なぜだろう。私達の間には不思議な時間が流れている。

この十四年間、ヒトミさんは私の誕生日には、必ず連絡をし続けてくれた。

十四年前に秋吉台に行った時に、なぜか誕生日の話になり、私とヒトミさんは誕生日が同じだということが判明した。運命だと思った。こんな偶然があるのかと我が耳を疑ったほどだ。ヒトミさんも驚いていた。そして毎年、お互いの誕生日に、ヒトミさんは連絡をくれるのだった。私が仕事にかまけて誕生日を忘れていても、ヒトミさんが必ず思い出させてくれた。ヒトミさんはずっと、私のことを感じ続けていてくれたのだ。もしもあの時に出会っていたのが別の人だったら、とっくの昔に、二人の関係は終わっていたに違いない。あの時に出会ったのがヒトミさんだったからこそ、十四年間も友達でい続けることができたのだ。出会いとヒトミさんに感謝しかない。
そんなことで、私は長年の夢でもあった奄美大島に行くことになったのだ。

ヒトミさんに会える。

そう考えるようになって以来、私の中でうごめいていた悪い感情は、影を潜めるようになった。こんな悪い私のままで、ヒトミさんに会うわけにはいかない。邪悪な自分を変えなければならないと思った。
私は奄美に行く準備を始めた。

私がまず始めたのは、笑顔の練習だった。なぜかと言うと、自分の恐ろしい形相にギョッとしたからだ。これまでの私は、目を三角にして働いてきたためか、口はへの字に曲がり、目はどんよりと淀んでいた。あらためて、そんな自分の顔を鏡で見て情けなかった。私はこんな顔を世間にさらしていたのか。くらくらして倒れそうになったが、ここでくじけてはいけない。過ぎたことは仕方がないのだ。気を取り直して笑顔の練習を毎日、勤勉に行った。

笑顔を定着させることは、私にとって至難の業だった。私はどれだけ怒っていたのだろうか。自分としては、これが正解で、家族のため、自分のために必死で進んできたつもりだったのだが、いつの間にか利己主義となり、見えないところから基盤が揺らいで、皆が私から遠ざかり、気づけばどこにも居場所がなくなっていた。

古代ギリシアの哲学者であるアリストテレスは、友愛には、有用性に基づいた友愛、快楽に基づいた友愛、人柄の善さに基づいた友愛があると言う。前者二つの友愛は、疎遠になると自然につながりがなくなるが、人柄の善さに基づいた友愛は、互いを尊敬することで、永続的に続くと述べている。もちろん、有用性や快楽に基づいた友愛も大切であるが、それだけの関係では不足が生じる。これら三つの友愛が複雑に絡み合ってこそ、良い関係が成り立つのだと述べている。私がこれまで「良い」と認識していた関係は、どうであったのかと考えさせられる。人柄の善さに基づいた友愛は築けていただろうか。もしも築けていたとすれば、今、悩む必要はなかったはずである。

全部自分で蒔いた種だ。もっと早く気づけば良かった。そうすれば私の時間はもっと有意義なものとなり、もっと心穏やかに、冷静に、いろんなことにチャレンジできていたはずである。しかし私は、気づくことができなかった。残念だ。

私は、自分の人生を後悔した。五十五歳までの私は、自分が好きで、自分の人生に間違いなどないと信じていた。しかし、世間に見放され、家族に見放されたと感じた時から、自分の人生は間違いだらけで、自分が愚かで、傲慢だったことを思い知らされた。人生を折り返して、これからは人生の後半戦を悠々自適に楽しく生きていくつもりだったのに、私は自分の人生を後悔し、自分に嫌気がさして自分を否定し、苦しめている。

そんな私が、これからの人生を新たに切り開き、立て直すことができるのか。いや、できない。私はすでに五十六歳である。同年代には病に倒れて、人生を終えなければならない場面に直面している人もいる。私に残された時間は長くない。それなのに、やり直して新たに進む時間は残されているのか。考えれば考えるほどに苦しくて、力など湧いてこなかった。毎日が砂を噛むような、苦しさと虚しさで沈んでいく。どうしようもない虚無感と共に歩まなければならない人生を、ただただ悔やむ日々だった。

たとえ私がいなくなっても、誰も何も思わないし、何も変わらない。

情けなくて空しい日々の中で、ふっと思い出したのが、奄美で暮らすヒトミさんのことだった。ヒトミさんは、無条件に私を感じ続けていてくれた。そうしてこれまで、私もヒトミさんも、お互いの健康と幸福以外の何かを求め合うことはなかった。それは、私達がお互いのことをよく知らない、特殊な関係であったことも幸いしたように思う。過去に二日間しか時間を共にしたことがなく、年に一度しか声を聞かない。世間一般から見ると、とても奇妙な関係を、十四年間も続けた二人の間には、余計な思惑など無い。ゆえに私の心は緩み、素直になることができた。だからこそ純粋に、奄美に行ってヒトミさんに会いたいと思い、会うことで、何かが見つかり、変わるような気がしたのかもしれない。たとえ何も見つからなくても良かった。十四年前のあの日に、ヒトミさんと約束した「奄美に行く」という大義名分があれば、それで良いではないかと思った。そんな想いと荷物を背負って、私は奄美大島に行くことを決めたのだ。

決めたのは良かったのだが、どうしようもない私に会って、ヒトミさんをがっかりさせるのは嫌だった。突然押しかけるような真似をして、迷惑をかけるのではないかという懸念もあった。そんなことが私を支配し、何度も何度も頭の中でぐるぐると問答した。そういうわけで、私は恐る恐る連絡したのだ。しかし、心配は無用だった。ヒトミさんは両手を広げて私を歓迎してくれた。

嬉しかった。私のことを歓迎してくれる人がいると思うと、嬉しくて仕方がなかった。ヒトミさんの優しい声を聞いて、私は久しぶりに心が震えた。私にも行く場所があると考えると、それはそれは心強く思えた。

六月十九日　一日目

ついにこの日が来た。待ちに待った奄美大島へと向かう旅の始まりだ。大きなリュック一つを持って、私は鹿児島へ向かった。熊本を過ぎた頃から、新幹線から見える車窓の風景が南国のものへと変わっていく様を見て、ワクワクが止まらなかった。鹿児島中央駅は思ったよりも簡素で、迷うことなく鹿児島駅に着いた。鹿児島駅からは桜島が、すぐそこに見えた。優美で雄大で、頂上からは煙を吐いていた。

ついに来た。

私は久しぶりに希望と喜びに満ちていた。こんな自分に出会えるなんて。思いがけず晴れやかな気持ちに胸が躍り、私は桜島へ吸い寄せられるように駅から出た。しかし、出た方向が間違っていたのだ。そんなこととは夢にも思わず、私は桜島を感じながら、てくてく歩いた。幸いにも快晴で、桜島が手に取るように近くに見えた。ところがである。歩けば歩くほどに、桜島が私から遠ざかっていくのだ。近づきたくて脇道に逸れると、ますます遠ざかる。そう、私は桜島に見とれ、興奮していたこともあって、駅の出口を間違え、桜島へ行く道とは反対側の出口から出てしまったのだ。それに気づいたのは、すでに一時間以上歩き回った

桜島

後だった。

人生とは間違いだらけなのだ。道を間違えることなんて日常茶飯事である。道を間違えたら正せば良い。冷静に正しい方向を見極めることこそ大切なのである。

そんなことを考えながら、今度は慎重に、更に歩いて、私は無事に桜島へ渡るフェリー乗り場に着いた。そうして、汗びっしょりの顔を拭き拭き、桜島行のフェリーに乗り込んだ。

五キロのリュックを背負って暑さの中を歩き回ったこともあり、私に余力は残っていなかった。しかし捨てる神あれば拾う神ありである。桜島には周遊バスという便利な乗り物があり、一時間をかけて私を桜島の見どころへと案内してくれた。しかし、快適なバス旅で一息ついたのもつかの間、またしても心配事が発生した。頭痛持ちである私は常時頭痛薬を持ち歩かねばならないのに、なんとしたことか、頭痛薬を忘れてきてしまったことに気づいたのだ。

頭痛薬がない。

そう思うとなんだか頭が重くなる。頭痛薬はお守りのようなもので、無かったら非常に不安になり、頭痛がする。なんとかしなければならない。私は、また鹿児島の町を徘徊して、今度は薬局を探し回らねばならなくなった。もう歩くのは嫌だ。しかし薬は必要だ。葛藤しながら、泣きそうになって探し回った。一時間近く五キロのリュックを背負って歩き回って、やっと頭痛薬を手に入れた時の安堵感は、私を無気力にさせた。もう歩けない、歩けと言われても無理だ。へとへとになって奄美大島へ行くための港に入り、窓口でチケットを見せると、窓口のお姉さんが驚きの言葉を発するではないか。

「このチケットの船は、この埠頭からは出航しません。ここではありませんよ。」

なんですって。今、なんておっしゃったのですか。もう一度おっしゃってください。

私はパニックになった。窓口のお姉さんは容赦なく言う。

「ここは第三埠頭です。今日奄美大島に行く船は鹿児島新港から出航します。でも、ここから新港までは歩いては行けませんよ。車でも十分はかかります。」

私は更に慌てた。出航予定時間まで一時間もない。タクシー乗り場にはタクシーもいない。バスも来ない。どうすれば良いのか分からない。途方に暮れ、半泣き状態で第三埠頭を後にして歩いていると、反対車線からタクシーが来た。慌てて手を挙げたが止まってくれない。

もうダメだ。

その場に座り込んで泣いてしまおうかと思ったその時、今度はこちら側にタクシーが来て、私の少し向こうの先で止まった。天の助け、とばかりに、私はすぐさまタクシーへと駆け寄ったが、運転手さんは車から降りて、どこかへ行ってしまった。

万事休す。いよいよもうダメだ。

力が抜けて座り込んでしまいそうになっていると、運転手さんが手をハンカチで拭きながら戻ってきた。

「どうもお待たせしました、どうぞ。」

助かった。

崩れるようにタクシーの座席に座り込んで、安堵と喜びマックスの私に、運転手さんが声をかけてくださった。私は、埠頭を間違えて途方に暮れていたこと、これから奄美の友人に会いに行くこと、鹿児島には初めて来たことなどを話し、短い時間ではあったが、和やかな時を共に過ごした。運転手さんは終始ニコニコして、私の話に耳を傾けてくださった。そうするうちにタクシーは新港に着き、私は運転手さんに丁寧に礼を言って別れた。

鹿児島新港からは、マックスラインフェリークイーンコーラルプラスの二等洋室に乗船し、その船は無事に奄美大島へと滑り出した。

波乱万丈な一日だった。

私の人生も山あり谷あり、泣き笑いの日々だった。ジェットコースターのような人生で、時には涙し、時には笑い転げて歩んできた。失敗ばかりが記憶に残っているが、楽しいこともあった。そして今日のように着くべき場所に落ち着いて、安堵した。人生とはそんなものなのかもしれない。

私はそんなことを思いながら一日を振り返り、ベッドに横になると、いつの間にか眠ってしまった。

六月二十日　二日目

夜中に覚醒した。気持ち悪いなと思いながら目を覚ました。船酔いである。前日は波乱万丈の一日で、気づけば食事を摂っていなかった。夕方にノンアルコールビールとつまみを口にして、疲れ切って眠ってしまったことを思い出しながら船に揺られていたが、とうとう我慢できなくなって嘔吐した。しかし食べていないのだから、幸か不幸か胃液しか上がってこない。最後の四時間は自分を保ってやり過ごすことに神経を集中しなければならなかった。

なんとかやり過ごして時刻は四時五十分、まだ明けやらぬ奄美大島名瀬港に到着した。予定よりも十分早い到着だった。

外は雨で静かだった。前日の疲れと船酔いで、辛い身体を引きずって下船し、待合室のベンチに座り込んで、しばらく動くことができなかった。港のベンチに座ってぼんやりしていたが、私は重い腰を上げなければならなかった。なぜなら、私はそこから更にバスに二時間揺られて、奄美の南に位置する古仁屋まで行かなければならなかったのだ。古仁屋まで行けばヒトミさんに会える。古仁屋行のバス停は、港から離れたところにあることは、事前に調べて知っていた。

バス停までたどり着かなければならない。

私は重い身体を引きずり起こしてカッパを着ると外に出た。

ムッワーッ。強烈な湿気が私に襲い掛かってきた。一瞬にしてバッと汗が出た。空調が整った港の待合室からは想像だにできないほどの湿気が、私に襲い掛かってきた。しばらくそのまま歩いてみたが、たまらなくなってカッパを脱いだ。スコールのような雨が降っては止み、止んではまた降るを繰り返して、雨は容赦なく傘を叩いた。イメージ通りの南国の気候の中を一人黙々と歩いたが、早朝であることもあってか、行き交う人もおらず孤独だった。道しるべもなく困ってしまって、コンビニでバス停の場所を尋ねた。旅行をしていてよく思うのだが、世間は歩行者に対して優しくない。車社会で、歩くことを軽視しているのか、歩行者に不親切な町が多い。もっと人は歩くべきだ。そんなことを考えながら、コンビニのお兄さんの言う通りに進むと、目的のバス停にたどり着いた。前日からよく歩く。まるで苦労しなさいと言わんばかりだ。

余談だが、雨の中で気づいたことがある。奄美の人は傘を差さない。時間の経過とともに人とすれ違うようになったのだが、八割以上の人達は、雨に濡れながら歩いているのだ。登校する学生さんですら、びしょ濡れだ。それで良いのか。今でも疑問だ。

バス停では、傘を差したおじいさんが一人で待っていた。無表情で腰の曲がったおじいさんは、黒いリュックを背負い、微動だにせず待っている。私とおじいさんと二人きり、傘を差して無言で並んでバスを待っている。その様がなんだか面白くて、ニヤニヤしてしまった。奄美の妖精ケンムンと並んでバスを待っているみたいで、妙にワクワクした。

その後、定刻通りにバスは来て、ケンムンじいさんに続いて、私もバスに乗った。ケンムンじいさんは慣れた様子で乗り込んで、定位置であろう運転席の後ろの席に座った。バスには小学生がたくさん乗っており、名瀬小学校でぞろぞろ降りた。バスが止まる前に「傘と水筒を忘れないように」と車内アナウンスがあった。子供達は自分の身の回りを確かめて降りて行く。その様子がなんだか可愛くてホッとした。自分にこんな小さな優しい感情がまだ残っていたことに、少し驚いた。

バスはどんどん南下して、車内の乗客はケンムンじいさんと私だけになった。車窓からは険しい山々と、南国ムード漂う木々が多く見えるようになった。山の上には雲がかかっている。どんどんケンムンの森の中に連れて行かれるような不思議な感覚になった。

しばらく緑の中を走り続けて山々を通り抜けると、急に家が多くなり、いよいよヒトミさんが待っているバス停が近づいてきた。ドキドキしながら、乗り過ごさないようにスタンバイする。

「大湊、次は大湊です。」

アナウンスがあり、しばらく走ったところでバスが停車した。ヒトミさんがバス停で待っているのが見えた。ヒトミさんは、私をバスの中に見つけると、両手をちぎれんばかりに振り、満面の笑顔で迎えてくれた。私も、それに手を振って応えた。降車する時に、私はケンムンじいさんを見た。変わらず無表情で動かず、前だけを見据えていた。このバスはおじいさんを乗せて、ケンムンの森へ行くに違いないと思った。

十四年振りのヒトミさんは、何も変わっていなかった。十四年前に二日間だけしか会っていない私達だったが、そのギャップは無く、ずっと前から一緒にいる友のような感覚だったのが不思議だった。何の違和感もなく、お互いの健康な様子を純粋に喜び合えることに心地良い感覚を覚えるとともに、そんな間柄であり続けていることへの感謝の気持ちが沸き上がり、嬉しくて嬉しくて感情が止まらなかった。

ヒトミさんは、私を自宅へ招いてくれた。ご主人にも紹介してもらった。ご主人には初めてお会いしたのだが、もうずっと前から知っている人のようだった。想像通りの優しそうな人で、ヒトミさん同様に歓迎してくださった。前日からまともに食事をしていない私を気遣って、ヒトミさんは手料理を振る舞ってくれた。これが実に美味しかった。温かいおふくろの味のような、煮物や炊き込みご飯、味噌汁が、身体に染み入った。古仁屋には初めて来たのに、なぜか懐かしく、故郷に戻ったように感じた。

それから、ヒトミさんの案内で、古仁屋の自然を満喫した。初めての場所であるはずが、なぜか懐かしく、自然や海そのものとも、古い友達と再会を喜び合っているような気がしてならなかった。古仁屋は想像通りの美しい場所で、十四年前に山口で島唄を聞きながら見えたもの、そのものだった。

その後、ヒトミさんと私は、古仁屋の対岸に位置する加計呂麻島へ渡った。

十四年前に出会った時、ヒトミさん一家は加計呂麻島で暮らしていた。私はその時に加計呂麻島の存在を初めて知り、島の穏やかな暮らしをヒトミさんから聞いて、行ってみたい、いや、暮らしてみたいと願っていた。

フェリーは徐々に加計呂麻島へと近づく。十四年の月日を経て、私はついに念願を果たすのだ。そう考えると何とも言えない感情が込み上げた。いろんなことがあった。辛い体験もし、そればかりが自分の中でクローズアップされて否定的になっていたが、楽しいこともあった。ジタバタしているうちに十四年も経ってしまった。しかし思う。今、このタイミングで加計呂麻島に来ることができたことに感謝しなければならない。もっと早く来ていたとしても、この感謝の感情はなかったかもしれないし、逆に遅く来ていたら手遅れだったかもしれない。人生にはタイミングがあると思った。

加計呂麻島では一棟貸しの宿に一人で泊まることにしていた。宿の近くには、ヒトミさんの自宅跡がある。諸鈍長浜から歩いてすぐの、デイゴの並木道から一軒ほど入った空き地に案内してもらった。実はヒトミさんの自宅は火事に遭い、今はもう無い。十四年前に会った時に話してくれた加計呂麻島での生活は、今はないのだ。海辺から三十秒のところにある空き地でヒトミさんは、

デイゴ並木

「ここが玄関で、この辺りに台所があって、」などと楽しそうに説明してくれた。家族との思い出が詰まった自宅を失い、その場所を離れなければならなくなったことへの想いは、いかほどであったか計り知れない。しかし、ヒトミさんは笑って話してくれた。そんなヒトミさんの強くて大きな懐に惹かれて、私は、はるばる加計呂麻島まで導かれたのだ。

ヒトミさんは、この家から波の音を聞くのが好きだったとも話してくれた。静かで、波の音と鳥の声しか聞こえてこない場所。ヒトミさんの、この地を愛して止まない気持ちが伝わってきた。私にそんな場所はあるだろうか。現状を嫌い、新天地を求め続けている私には、こんな安らぎの場所はない。ヒトミさんが羨ましかった。ヒトミさんは、いろいろな思い出の詰まった場所を愛おしむかのように、丁寧に語ってくれた。

それから私は、幸運にも、ヒトミさんの家や実家の墓参りまでさせてもらった。世の中の皆さんもそうであろうが、私は友達の家の墓参りなどしたことがない。はるばる加計呂麻島まで来て、大切な友であるヒトミさんゆかりの方々の墓参りができるなんて、夢にも思っておらず、感動した。どんな観光地に行くよりも貴重な体験だった。

静かな波の音、生い茂る山々の木々。時々見かける人は静かに暮らしている。信号機も横断歩道も無い島を、ヒトミさんに案内してもらってレンタカーで進む。この穏やかで優しい時間が永遠に続いてほしいと願った。

加計呂麻島での宿の家主さんは、偶然にもヒトミさんの知人だった。事前にヒトミさんが口添えをしてくれていたこともあってか、お世話になった四日間、とても良くしてくださった。

ヒトミさんと私は、海の匂いを感じ、笑い転げて、青空の下でドライブを楽しんだ。けれども、夕方から急に大雨となり、ヒトミさんは予定よりも早い船で古仁屋に帰った。生間港でヒトミさんと別れた時の私は、これから降る記録的な大雨を予想していなかった。

生間港から宿に戻ると、雨脚が激しくなった。その後、トタン屋根が破れるのではないかと思うほど雨は強くなり、挙句の果てには、リビングから雨漏りが始まった。家主さんに連絡すると、夫婦で駆けつけてくださったのだが、雨の中ではどうしようもなく、応急処置を施すしかなかった。どんどん強くなる雨に少々の恐怖を覚えた私は、懸命に雨漏り対策をしてくださる家主さんに、抱えている疑問をぶつけてみた。

「もしも避難しなければならない事態になったら、どうしたらいいですか。」

「台風じゃない限り、避難するようなことにはなりません。」

答えはシンプルだった。ヒトミさん同様におおらかである。

応急処置は無事に終わり、家主夫婦は帰って行かれた。一人残った私。防災無線からは大雨警報発令のアナウンスが何度も流れ、挙句、停電した。私は家主さんのアドバイスを信じて寝ることにした。

六月二十一日　三日目

大雨だったのだろうが、よく寝た。五時半起床。まだ大雨だった。窓を開けてみた。見たことのない草も木も、どれも雨に濡れて生き生きしていた。

起きてテレビをつけてみたが、停電と復旧を繰り返し、せわしなく点いたり消えたりした。電気が使える間にご飯を炊いておかねばと思い付いて、慌てて炊飯器のスイッチを押した。その前の日に、古仁屋のスーパーマーケットで購入した食材を調理してみた。島豆腐、ゴーヤ、ハンダマなど。豚味噌や豚足も食べてみた。美味しかった。地産地消は良い。その土地でできたものを、その土地で食す。それが一番美味しい食べ方なのだと改めて知った。

防災無線が、フェリーの欠航をしきりに伝える中、家主さんが心配して訪ねて来てくださった。雨漏りはしていたが少し治まっていることを告げると安心して、手作りしたという柏餅を手渡してくださった。私には「かしわもち」と聞こえた。大好物の柏餅をもらってテンションが上がった私は、家主さんを見送るとすぐに包みを開いてみたが、なんだか妙だった。私の知っている柏餅ではないのだ。加計呂麻島ではこれを柏餅というのか。笹餅のようなそのフォルム。しばらく柏餅を前に置いて考えた。そうして思い付いた。

これはもしかすると「カシャ餅」ではないだろうか。

思い返せば前日、ヒトミさんが見慣れない大きな葉っぱを見せて、「これがカシャの葉よ。ちょっと良い香りがするでしょう。これでお餅を包んで、蒸して食べるのが、この辺りの名物よ。」と話していた。受け取った時には「柏餅」と聞こえたのだが、それは私の聞き間違いで、これは「カシャ餅」に違いない。

おお、これがカシャ餅か。どれどれ。

食べてみた。これまでに味わったことのない独特な香りと風味があって、素朴で美味しい。美味しくて一気に二つ食べた。

雨はトタン屋根をバタバタと叩きつけていた。雨の音だけが聞こえた。

夕方になって雨は止んだ。フェリーは欠航のままである。古仁屋でも加計呂麻島でも、がけ崩れのために通行止めになっている場所があると、防災無線をはじめ、テレビの全国放送でも引っ切り無しに放送されていた。

これは、大変な時に来たもんだな。

そんなことをぼんやり考えてはいたが、不思議と不安はなかった。前日も前々日も歩き回ったので、三日目は良い休養になった。

私、余裕が出てきたな。

普段だったら、雨降りの時には頭痛がするのに、その日は雨を楽しむ余裕があった。私は、雨が弱くなったタイミングで、散歩に出てみた。テレビを見て、ご飯を食べて、散歩をする。これを繰り返して一日を過ごす。現地の人みたいに、暮らすように旅をした。雨の音、波の音、鳥の声、虫の声。他に余計な音は無い。余計な考えをしないことが、ストレスのない生活を送る術なのだと知ってはいたが、身を以て体験している。海岸で、打ち寄せられる波をかわしながら歩いて、ここでこのまま暮らすことを想像してみた。

島の暮らしは良い。自宅で波の音を聞くのが好きだったというヒトミさんの暮らしにも憧れる。けれども、島で暮らすということは、私が想像するよりも、ずっと大変なことだとも思う。この度のように自然災害が続くと、生活が止まってしまう。場合によってはライフラインが滞り、食べることにも不自由するだろう。アダンの木に生る実を眺めて、ヒトミさんが言っていたことを思い出す。

「あれはアダンの実。よそから来た人はパイナップルですかと聞くけど、パイナップルみたいに甘くないんだよ、苦いの。でも食料がない昔には食べていたみたい。だから今でも島の年寄りは食べるんだよ。私は食べないけどね、あははは。」

　奄美に行く前に奄美の歴史を勉強した。島津藩による差別、第二次世界大戦での日本軍の基地、大戦後のアメリカ占領時代などの負の歴史もある。私はそれらのことを知らずに、これまで過ごしてきた。「綺麗な場所で、静かな暮らしに憧れる」と、能天気に考えていた。しかし、どこにでも私の知らない多くのしがらみがある。それでも、そこに暮らす人々は故郷を愛し、故郷を大切にしている。私にもそんな場所があるは

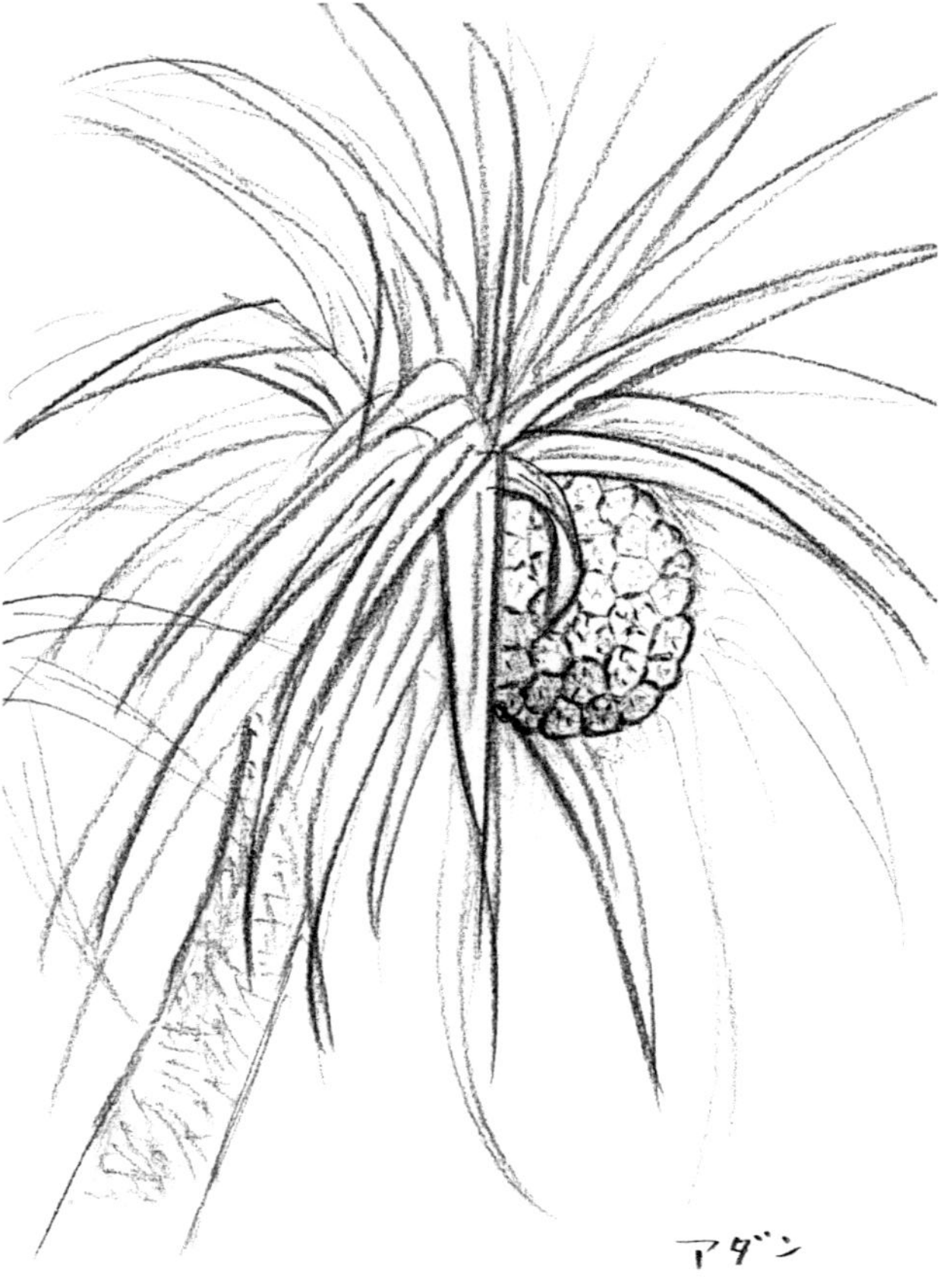
アダン

ずなのに、私は忘れてしまっている。
その日の夜、また大雨が降った。前日とは打って変わって私は不安だった。

無事に明日が迎えられますように。

自然にそう考えていた。
真っ暗で静かで怖い夜。人なんて一人で生きていけると思っていた。しかしそうではないのかもしれない。突然、私は自分を反省し始めていた。そして、無事に自宅へ帰ることができるようにと願った。

六月二十二日　四日目
早朝に目が覚めた。雨は止んでいる。海岸へ散歩に出た。加計呂麻島は変わらず、穏やかで静かだった。隣と向かいは民家で、人の気配がする。少し安心である。

前夜はすぐに避難できる状態で休んだが、朝までぐっすり眠れた。リビングのテーブルに置きっぱなしにしておいたバナナを、何者かが少し皮をむいてかじっているのを見つけた。私はこの家で一人ではない様子だった。少し可笑しくなって苦笑し、ホッとした。

島ではタンクトップにビーチサンダルで一日中過ごした。ここでは散歩も健康のための義務ではなく、気づけば自然に歩いている。蒸し暑いが不快ではなく、むしろ心地良い。なぜだろう。身に起こるすべてが自然に感じる。これまで何をやっても、何があっても不快で、いちいち腹立たしかった。暑いと言って怒り、寒いと言っては怒る。どうしようもなかった。自分の感情をコントロールもできない世界に入り込んでしまっていたのかもしれない。しかし、そんな世界に長く居続けることなんて、できないに決まっている。自分が、どうしてそんな世界に閉じ込められてしまったのかは分からない。しかしどうすれば抜け出せるのか

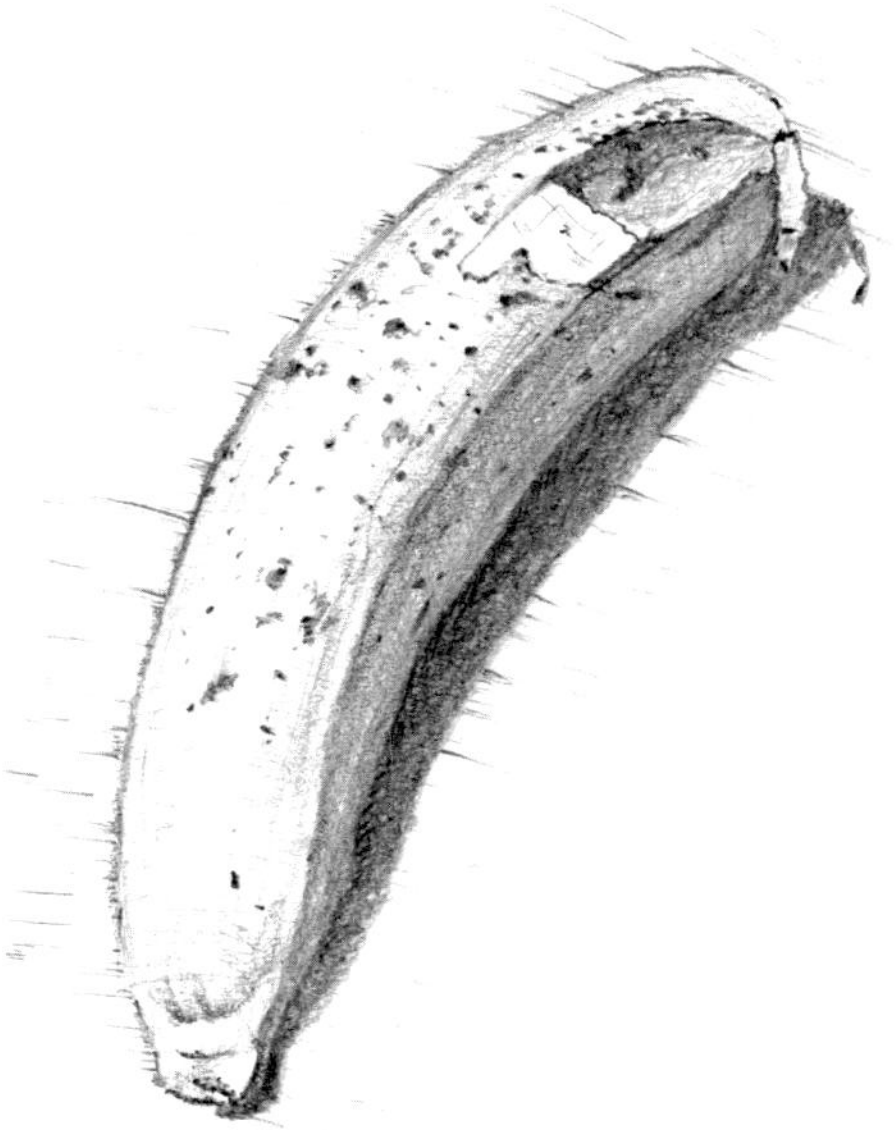

かじられたバナナ

は、分かってきている気がした。

朝ご飯に島豆腐を食べた。あまりに美味しくて、醤油もつけずに、そのまま食べた。シンプルが一番正しいのかもしれない。

外は晴れていた。加計呂麻島に着いた日にヒトミさんと通った道を、レンタカーで進んでみた。海は凪。大雨の時でも、不思議と風はなく、海も荒れていなかった。蟬がうるさく鳴いていた。蒸し暑い夏になった。大雨のせいで、道まで土砂が崩れている場所があった。島の西の果てに行きたかったのだが、がけ崩れのために通行止めとなっていた。西に行く道はここしかないのに、ここから先の住人はどう過ごしているのだろう。そして、これから復旧までどう過ごすのだろう。やはり島の暮らしは楽ではない。しかし、これは私の考えであり、人によっては違うふうに考えるかもしれない。当事者達は「どうにかなるさ」と笑っているかもしれない。この凪の海のごとく、心穏やかに。

途中、大きなガジュマルの木に出会った。彼は、海辺で静かに佇んでいた。音もたてず、静かに、しかし大きな存在感を持って、堂々と立っていた。島の人々の平穏な心を象徴しているかのようだった。気が付くと、私は木に手を合わせていた。自然に敬意を表していた。ここでは家族や友人が元気で傍に居てさえくれれば幸せになれる。ガジュマルは、そう伝えているようだった。それは加計呂麻島でなくても、私が住んでいる場所でも同じではないか。絶対にそうであるのだろうが、まだ私には分からない部分があった。

おばあさんが猫車を押して歩いていた。見ていると、バナナを収穫し始めた。私は遠くからずっと、その様を眺めた。飽きなかった。ずっと見ていた。

宿に戻って近くの郵便局へ行き、島の売店で大量に購入した黒糖を自宅に送った。郵便局のお姉さんが、私を近所の住人と勘違いしていたので、やんわりと正した。私は違和感なく島に溶け込んでいるようだった。なんだか嬉しかった。翌日は加計呂麻島を離れる。そう考えると淋しかった。旅行者の私がこんなに離れがたいのだから、ヒトミさんが加計呂麻島を離れる決心をした時の心境を思うと、胸が痛む。加計呂麻島に滞在している間、何度もヒトミさんの自宅跡地に足を運んだ。何度も行って想いを馳せた。ヒトミさんとその家族の声が聞こえてくるようだった。波の音に交じって生活音が心地良く時を刻む。ヒトミさんの幸せはここにあったのだ。そして今は古仁屋にある。場所は変わっても、ヒトミさんの幸せは変わらず家にある。私はどうだろう。私にもあるのではないか。この旅の計画を夫に話した時に彼は、快く送り出してくれた。「心の洗濯をしてくれば良い」と言った。私にも帰る家がある。帰る家があるから、安心して出かけることができる。少しずつ分かってきた。私が私でいられたのは、家族のおかげである。急には感謝できないが、徐々に心をほどいていかなくてはいけない。人生の残りで心をほどいていく努力をしなければならない。私はやっと冷静になれた気がした。

その夜、無事に一日が終わることへの感謝が込み上げてきた。目には見えない大きな何かに包まれているようで、心地良かった。加計呂麻島に来て良かった。私は導かれたのだ。

六月二十三日　五日目

早朝に目が覚めた。今日は加計呂麻島を離れる日だ。朝一番に、私はヒトミさんの家の墓参りをした。島へ呼んでくださったお礼と、島への滞在中に見守ってくださったお礼を言った。ヒトミさんの自宅跡地へも行った。同じ場所でヒトミさんが好きだった同じ波の音を、最後にもう一度聞きたかった。集落の神社へも行った。斜向かいの黒糖工場、サトウキビ畑、デイゴ並木、諸鈍長浜。どこも今となっては故郷である。センチメンタルな気持ちで宿を後にしようとすると、家主さんが訪ねて来てくださった。家主さんは結局、毎日来てくださった。そして毎日困ったことはないかと尋ねてくださった。人の心に触れた旅だった。私の心も、ほんのり温かくなる。

欠航になっていたフェリーも無事に運航が再開し、私も無事に加計呂麻島を後にして、古仁屋に戻った。

加計呂麻島、ありがとう。また逢う日まで、さようなら。

古仁屋港では、ヒトミさんが待っていてくれた。変わらぬ笑顔に、私も自然に笑顔がこぼれる。この度の大雨で、ヒトミさんの自宅も断水して大変だったのに、私を気遣って、毎日連絡をしてくれた。多くの力と人々によって、私は何の不自由もなく、安心して加計呂麻島ライフを満喫できた。居場所があることへの有難さが身に染みる。

名瀬行のバスが来るまでの間、ヒトミさんと私はいろんな話をした。ヒトミさんには感謝しかない。お互いの、そしてお互いの家族の健康と幸せを願うことが、なんて幸せなのだろうと思った。利害関係のない純粋な思いやりと尊敬の関係が、私には不足していたのかもしれない。だから不毛な心を持て余して、不平や不満に取りつかれていたに違いない。ヒトミさんと私を引き合わせてくれた目に見えない力と、これまで私への連絡を辛抱強く続けてくれたヒトミさんと、奄美に導いてくれた力と、そして私を送り出してくれた夫に、感謝する。

名瀬行のバスに乗り込んだ私に、ヒトミさんはいつまでも手を振ってくれた。私もそれに応えて、ヒトミさんの姿が見えなくなるまで手を振り続けた。

ありがとう。また逢う日まで。

一人になってバスの揺れに身を任せていると、少々感傷的になった。車窓から、徐々に木々が減る様を眺めていると、現実の世界に引き戻されていく感じがした。さっきまで私が居た場所は、夢と現実の間だったのだろうか。ぼんやり考えているうちに、とうとうバスは名瀬に着いた。

そこは車が行き交い、コンビニがそこらじゅうにある便利な町である。加計呂麻島で過ごした日々が嘘だったかのように、時間がどんどん過ぎていく。俗世に戻った私は、ドッと疲れを感じずにはいられず、頭痛薬を飲んだ。そして、ホテルでテレビを見ていると、夢の国からだんだん元に戻っていく感じがして複雑だった。

浦島太郎が現実に存在したなら、きっと今の私と同じ気持ちだったに違いない。

テレビを見て笑っている私は、どこかでホッとしていた。

六月二十四日　六日目

今日はヒトミさんの誘いで島唄の大会に出向いた。大会に、ヒトミさんの息子さんが出場するのだ。十四年前にホテルのロビーで歌ってくれた島唄が、あまりにも印象的で忘れられず、誘いを受けた時点で、間髪入れずに「行く」と言ったものの、一日中唄を聴くほど島唄が好きかというと自信がない。

　大丈夫かな、私。

　早朝の名瀬のホテルの七階の部屋の窓から外を眺めた。島民の日常が見える。瓦屋根はなく、トタン屋根が連なっている。この辺りは台風の通り道であり、被害を大きくしないために瓦屋根は無いと聞いた。人影はまばらで、皆、ゆったりと歩いていた。

　島唄の大会は名瀬で行われたため、ヒトミさんファミリーが私の宿泊している名瀬のホテルの近くに勢揃いした。ご主人をはじめ、息子、娘、嫁、孫。その中に私も寄せてもらった。赤の他人の私を、まるで親戚のように家族全員が招いてくれた。

島唄は実際に聴いてみると、私が考えていたよりもずっと深く、じんわりと染みてくるものがあった。そういうわけで、当初の心配は無用で、私は唄の世界にのめり込んでいった。同じ唄でも、唄い手が違えば違う唄に聞こえる。唄い手の年齢によっても違う。子供が歌うのと青年が歌うのと、そして老年が歌うのとでは、全く違う唄になる。島唄には、不思議な力が宿っており、唄の向こうに奄美の海や山や鳥や風が見えた。山口のホテルで見えた奄美の景色と同じだが、名瀬で聴いた島唄の背景には、私がこの数日間で見たものや感じたものの全てが宿り、奄美がハッキリと見えて感じられ、全身に染み渡った。これらの島唄は奄美で生まれ、人々によって育まれたのだ。まるで、ヒトミさんそのものだ。深い深い魂に包まれているようで、この心地良さが永遠に続くと信じて止まなかった。

結局最初から最後まで、島唄づくしの一日になった。温かな家族と、島唄を愛する人々に囲まれて、幸せな時を過ごした。愛する人や愛するものに抱かれるのは、幸せなことである。

再び十四年前の記憶が蘇る。夕暮れの西日が差すホテルのロビーは、まるで奄美の海をバックにした浜辺だった。穏やかに波が打ち寄せ、風が吹いていた。浜の向こうでは人の営みも感じられた。その静かに、流れるような時をことほむかのように、ヒトミさん親子は島唄を奏でた。その時の感動と同じ感動が押し寄せては引いていく。そんな一日を、奄美のプレゼントとしてもらった。

いよいよ翌日は本土へ戻る。今度こそヒトミさんともしばしの別れだ。別れの時、ヒトミさんとヒトミさんファミリーは、私の姿が見えなくなるまで、手を振って見送ってくれた。皆、満面の笑顔だった。

「また会おうね。今度は私が会いに行くからね。」

ヒトミさんは何度もそう言ってくれた。再会できるのはいつになるのかは分からない。しかし、念じていれば願いは叶う。続けることは難しいが、私には、ヒトミさんは変わらず想い続けてくれるという確信があった。

私も想い続けるから、また逢う日まで、さようなら。

六月二十五日　七日目

いよいよ奄美を離れる日だ。最後に見たかったものがある。それは大島紬。前日に梅雨が明けて、一気に真夏となっていた。私は泥染め体験ができる、蒸し暑い小屋の前の、小さな泥田の前で、染物師の話を聴いた。白糸を染めるためには、泥田に入って、シャリンバイに浸した糸を泥水で洗う。すると白糸が茶色に染まる。この工程を八十回以上繰り返すと、大島紬独特の深い黒に染まるのだという。実際に泥田に入って、白い綿シャツを染めてみた。太陽と土と葉っぱで染まる自然の色。島唄大会で唄者の多くが大島紬を身に着けて歌った。人と自然と営みが織り成すハーモニーは、島唄を一層引き立てた。その華やかで美しい染物は、奄美そのものだ。

　自分で染めた茶色いシャツは、最後に水ですすいだために濡れている。それを持って、最後の最後にもう一度、奄美の海を目に焼き付けたくて、島の北側の太平洋に面した海辺に行った。加計呂麻島の入江とは違う、太平洋に面した大海原では、強い海風が吹きつけていた。青い海と空、そして丸い水平線。海岸沿いの木々は強風によってみんな斜めに立っている。穏やかな快晴だが、遮るものの何もない、強風の吹き付ける波打ち際で、私は、真っ青な空に泥染めしたばかりのシャツを掲げた。シャツは勢いよく、バタバタとはためいた。しばらくの間、海を見ながらシャツをはためかせた。濡れたシャツはすぐに乾き、それと同時に奄美の全部を吸収した。大量生産された普通のシャツが、何物にも代えられない宝物となった。

　夜、奄美への第一歩を踏み出した名瀬港に戻ってきた。とうとう奄美

太平洋

を離れる時だ。蒸し暑いが風は気持ち良かった。一週間前、私は不安と期待に胸を膨らませて、この地に立った。あっという間の一週間で、夢を見ているようでもあった。

鹿児島新港行のフェリーは定刻通りに入港した。船に乗り込みながらホッとしている自分がいたことを、私は否定することができない。それと並行して、ここから離れたら簡単に戻ってくることはできないという、覚悟のような気持ちにもなった。海を渡るという環境がそうさせたのだろう。こんな感覚は初めてだった。陸続きだと、歩いてでも帰ることができるという気持ちがどこかに存在して、同じ距離を移動するにしても、気持ちの持ちようが違う気がする。船で故郷を離れる人の気持ちが、少し理解できた。

感傷に浸っている間にも出航の準備は着々と進み、ついに船は港を離れた。そして真っ暗な大海原へと進み出して行く。今度はいつ来ることができるのだろうか。もしかすると、二度と来ることはないかもしれない奄美大島に、思いを馳せた。

六月二十六日　八日目

目が覚めると空が白々と明るくなってきていた。水平線から朝日が顔を覗かせようとしているところだった。昇り始めた時には太陽の輪郭が見えていたのだが、昇るにつれて眩しくなって、とうとう直視できなくなった。海は穏やかな様子で、船は揺れることもなくゆっくりと前進し、滞りなく鹿児島新港に着岸した。私の冒険旅行の幕は閉じた。淋しさもあったが、安堵感のほうが大きかったかもしれない。

家に帰る。

その気持ちが私を安堵させていることは、間違いなかった。
私は探し物をするために奄美に導かれたと、当初は考えていた。しかし今、結局は探す必要などなかったことに気づいた。けれども私は、気づくために奄美に行く必要があったのだ。人は、人との関わりの中で生きていかなければならないこと、人生は導かれていること、自分の力ではどうにもならないことがあること、しかしその全てが然るべきところに着地し、うまくいくこと。これらは、人生を折り返す頃になって、やっと気づかせてもらったことではあるが、今だからこそ気づけたことでもある。

人生とは苦楽の連続で、生まれてきてしまったからには、誰もが通らなければならない道である。では、なぜ生まれてきたのか。このことは禅問答のごとく、凡人の私には、分からない。しかし、凡人の私でも思うのである。人として生まれた、その遺伝子に組み込まれた幸せの在り方は、形の違いこそあれ、皆、似ていて、感じ方も概ね同じだ。それは、自然の摂理でもあるがゆえに、人は、自然に抗うべきではないのだと。

私の苦しみなど、取るに足らないものだ。それにもかかわらず、私は、もがき苦しんで、引かれた道に抵抗してきた。そんな私が、間違いに気づき、正しい道に軌道修正をする機会をくれたのが、奄美への旅だった。これまでの出来事は全部、今の私になるための、道しるべの無い旅路だったのかもしれない。

若いころは野心に燃えていて、一つでも多くの欲を満たそうと必死でもがいていた。しかし、年齢を重ねるとともに、幸せの在り方が変わったことを噛み締める。それは決して悪いことではなく、自然なことである。多少の淋しさも感じるが、その時々を楽しく過ごす術を知ることができた。

今だから気づくことができた、ささやかではあるが、大きな発見である。

奄美から帰ってから、私はこれまでとは全く違う、経験したことのない仕事を始めようとしている。偶然の出会いではあったが、やってみたいと思っていた仕事だ。かつての私は保守的で、現状を打破する勇気がなかった。しかし、今は違う。怖くないと言えば嘘になるが、恐れてはいない。なぜなら、誠実であり続けることで道は開けることが分かったし、打ち砕かれても、帰る場所があることに気づいたからだ。

幸せは、案外身近にあり、探す必要などない。さまようのではなく、懸命に歩み続けていれば良いのだ。恐れることなく、自然に身を任せて、疲れたら立ち止まれば良い。転んだら起き上がれば良い。

そうして、その時に良いと思った方向に進めば良い。間違っていたら、目に見えない力が気づかせてくれるだろう。何かを恐れて進まない人生ほどつまらないものはない。死ぬまで人生は続くのだ。

私は、自分にそう言い聞かせるのだった。

私の愛読書である「赤毛のアン」の最後の節は、今の私へのエールである。古今東西、人は想い悩み、そして自分にとっての幸せを見つけていくのだ。

その一節を、ここに記して終わりにしようと思う。

クイーン学院から帰って、ここに座った晩に比べると、アンの地平線は狭められた。しかし、これからたどる道が、たとえ狭くなろうとも、その道に沿って、穏やかな幸福という花が咲き開いていくことを、アンは知っていた。まじめに働く喜び、立派な抱負、気の合った友との友情は、アンのものだった。彼女が生まれながらに持っている想像力や、夢見る理想の世界を、なにものも奪うことはできなかった。そして道にはいつも曲がり角があり、その向こうには新しい世界が広がっているのだ。

「神は天に在り、この世はすべてよし。」

アンはそっとつぶやいた。

了

著者プロフィール

伊藤 優友子（いとう ゆうこ）

1967年生まれ。

山口県出身。

趣味は旅行や町歩き。

看護師としての病院勤務を経て、退職後に行った奄美大島での体験や感じたことを、いつまでも鮮やかに残しておきたいと思い、本書を記した。

ささやかでも

2025年4月15日　初版第1刷発行

著　者　伊藤 優友子
発行者　瓜谷 綱延
発行所　株式会社文芸社
〒160-0022　東京都新宿区新宿1－10－1
電話　03-5369-3060（代表）
03-5369-2299（販売）

印　刷　株式会社文芸社
製本所　株式会社MOTOMURA

ISBN978-4-286-26272-7